KB060320

청어詩人選 343

그림자 새

최연희 시집

도서출판 청어

시인의 말

시는 삶의 양식이고
삶은 사랑이다.

작은 마음에서 시작된
글들이 세상으로 나가
생명이 되어 다시 돌아와
새로운 숨을 쉬게 한다.

또 다른 삶을
사랑하게 한다.

2022년 여름
서해 끝에서 최연희

차례

3 시인의 말

1부 무심한 사랑

10 소소리바람
11 밥을 뜨면서
12 알레르기
13 육십으로 산다는 것
14 안개비의 그리움
16 생선을 먹다가
17 언제 오려나
18 삶의 둥지
20 부러진 날개
21 청개구리
22 무심한 사랑
24 그때 그 자리에
25 외딴곳에서 살고 싶었다
26 산과 바다
27 마음 붓이 그리는 얼굴
28 소주병
29 언젠가
30 마지막 밤의 대화
32 알몸 무덤

2부 사형수의 조언

34 Great Hunger
35 그림자 새
36 멈출 줄 모르는 쥐의 식욕처럼
37 물의 눈
38 거리의 음악사
40 사형수의 조언
42 지붕 없는 집에
44 애정 결핍이었나?
46 내 것이 아닌 것을 위해 울지 않으리
48 두더지
49 밀도 높은 삶
50 서랍을 열면
52 가뭄
53 헝거 게임
54 식곤증
56 가난한 방
58 사람이 변하는 이유
59 그러하지 아니한가!
60 어쩌란 말인가!
62 후회 않는 거짓말

3부 그리움이 나를 부를 때

64 누워 사는 나무
65 들에 불을 놓아
66 시선
67 구스타프 클림트의 키스
68 고요한 축제
70 내 맘은 그게 아냐
71 방황하고 싶다
72 무덤 위에 핀 꽃
74 바다
75 집들이
76 천만다행이다
77 백화산
78 알기나 할까?
79 부디, 아무쪼록
80 백발 민들레
82 상처
83 짝사랑
84 재의 독백
85 그리움이 나를 부를 때
86 너를 위해
88 커피 한 잔 마시며

4부 투명한 겨울 속살

90 남실바람
91 춘월화
92 아침 산책
94 생명의 단비
95 밤마실
96 거절된 사랑
97 밤
98 파도
100 비꽃
101 비경
102 산책하며 느끼는 처서
104 미련
105 탐욕의 미소
106 억새꽃 연가
108 가을 한숨
109 투명한 겨울 속살
110 설경
111 외로운 폭설
112 희망

해설

113 신앙으로 승화된 의식, 사물의 시적변용
_손희락(시인·문학평론가)

1부

무심한 사랑

소소리바람

깊은 물 속으로 잠기면 고요하고

짙은 어둠에 묻히면 선명하다

냉이꽃 하얀 흔들림에

잊고 있던 사람이 문득 깨어나

뇌리에서 눈부시게 빛난다

가슴의 열꽃 식히려

다시 깊은 물에 잠겼었건만

살며시 스치는 바람만으로도

아프다

사무치게 아프다

밥을 뜨면서

손안에 쏙 들어갈 만한 밥공기
하얀 김이 뜨거워 놓치지 않으려
옷소매 길게 잡아 빼 감싸며 밥을 떴었지

호호 불며 먹는 아이들의 모습이 예뻐
보기만 해도 배부르다던 밥공기

어느 날 보니
동그란 공기에 이가 나가고
또 어느 날 보니
갈라진 곳에 누렇게 이끼가 끼더라
그러더니 결국 깨지고 말았다

깨진 밥공기를 고운 한지에 싸서
양지바른 곳에 묻고
예쁜 꽃무늬 공기에 밥을 떠 놓으니
모락모락 김을 타고 하늘로 올라가더라
잘 지내란 말도 없이

알레르기

꽃가루 날아와
울렁증으로
온몸을 흔들어 놓는다

땀띠 같은 잔 꽃송이
벌겋게 솟아오르고
화산처럼 터져 나와

아무리 긁어도 시원치 않고
밀어내도 나가지 않는 봄 향기
이다지도 얄궂단 말인가!

나 좋다고 눌러앉아
속 깊은 사랑까지
다 퍼내고도 모자라

붉은 꽃 피우고 또 피워
진을 빼는 너, 이제
그만 떠나보내고 싶다

육십으로 산다는 것

말을 앞세우기보다 움직일 것이다
책임지지 못 할 일은 행동하지 않을 것이며
머리 대신 가슴으로 이야기할 것이다

자신이 현명하지 못했으며
누구를 탓하기보다 내 탓이라 인정할 것이다
애써 배운 것의 바닥을 드러내지 않을 것이다

한 자리에 오래 머물지 않을 것이다
먼저 말하기보다는 듣기를 선택할 것이고
부드러운 말투로 군더더기 없이 말할 것이다

더 이상 자신을 드러내는 일이나
물의를 일으킬 일에 관여하지 않을 것이며
판단이 흐려지는 일은 하지 않을 것이다

쉽게 깨지는 유리잔처럼 날카롭지 않을 것이다
오래 담아 두어도 좋을 묵직한 항아리로
있어야 할 자리에만 머물며 침묵할 것이다

안개비의 그리움

부춘산 작은 층층 계단을 걸으며 만나는
느티나무, 고욤나무, 졸참나무, 자귀나무
봄비 살금살금 어깨에 닿으니 나무들의 물 마시는 소리
가 들린다

맑은소리 따라 다가서자 푸른 잎 사이로 하늘을 보여준다
생각이 맑아진다
투명하게 비치는 연둣빛 나무, 생각도 환하다

낮은 자리 한들거리는 미나리아재비, 새벽 별빛에 떨었
던 쥐오줌풀
눈높이 같게 하여 나누는 인사
보랏빛 자주쓴풀이 끄떡끄떡, 노랑이 윤판나물이 방긋
방긋

그러다 헛디디고 멈춰 선 발끝에 마주친 돌복숭아 나무
아! 아버지
연분홍 잎새 떨어져 흙 도화지에 추상화 그려질 때 즈음

헛기침하시며 '연분홍 치마가 봄바람에 휘날리더라.'

'딸아이 기침엔 돌복숭아 즙이 최고지.'

바람결에 아버지 노래가, 음성이 들려온다

생선을 먹다가

젓가락 끝에서 살 발라주던 손길이 느껴진다

푸석거리는 흰 살, 하나로 모으려니 부서지고 흩어진다

살만 먹었는데 자꾸 목에 걸리는 가시

머리와 뼈만 남은 것이

바닥이 보여도 그 깊이를 알 수 없는 물속에서

활기차게 헤엄쳐 다니다

툭 튀어나온 새까만 눈알이 나를 바라본다

언제 오려나

봄 햇살에 물오른
통통한 첫 부추
보약이라지
한 움큼 끊어내자
진한 향이 코끝에 닿는다

부추전에 막걸리 한 잔
정말 달다며 두 잔 비우곤
“부추꽃 필 때 또 올게.”
하지만 여섯 개 하얀 꽃잎 떨어지고
노란 수술 바람에 흩어졌네

오겠다던 그는
보랏빛 봄까치꽃 피는 지금도
오지 못하는가 보다
복사꽃 지고 사과꽃이 질 때까지도
서산 뻐꾸기만 뻐꾹 뻐뻐꾹

삶의 둥지

해 질 무렵이면 누구나 떠올리는 곳이 있기 마련이다
의식하지 않아도 돌아가야 할 둥지
깊은 밤을 보낼 공간이 있다는 즐거움을 느껴보지 못한 이도 있지만
저 가슴 밑바닥에서 일어나는 귀소본능
가족이 있고, 삶의 이야기가 있는 곳
반지하면 어떻고, 달동네면 어떠랴
벽돌 몇 장과 공사판 나무들을 얼기설기 기대어 놓은 곳이어도 좋다
돌아갈 곳이 있다는 것, 기쁨이 아니겠는가!

우리 삶엔 물리적인 둥지보다 더 중요한 것이 있다
그것은 마음의 둥지다
화려한 저택과 안락한 침대
무엇이든 원하면 다 가질 수 있는 돈과 명예가 있다 해도
마음 둘 둥지가 없다면, 얼마나 고독한 일인가!
뜨겁게 태양 빛만 내리쬐이는 망망대해에 홀로 떠서
흘러가지도, 가라앉지도 못하는 한 척의 배처럼
노 저어 갈 방향이 없는
그런 마음으로 산다면 얼마나 고독한 일인가!

마음 기댈 곳

다리를 쭉 펴고 누울 공간이 모자라더라도

포근히 안아줄 가슴이 있다면 그만이 아니겠는가!

눈빛 마주해 주는 사랑이 있다면 그만인 게다

이 마음의 둥지를 오래도록, 아주 오래오래 지니고 싶다

그 소박함을 지켜주고 싶다

생명이 다하는 날까지

부러진 날개

그에게 날개를 달아주려면

내 이름을 잊어야 하고

더 높이 더 멀리 날게 하고 싶다면

나 자신을 버려야 하리

내 안에서 나왔다 한들

그 속을 알 수 있으랴

청개구리

허리 굽은 구순 어머니
보고 싶단 말 못 하고
“서리태, 들깨 털어놨으니 갖다 먹어라.”

보고픈 손주 얼굴 그리며
한 해를 보내고
또다시 종종걸음 밭에 나가 해 저문 줄 모르는데

“시간 내서 갈게요.”
차일피일 소식 없는 아들
어미 맘이 검게 타
들기름엔 고소함이 더 하네

깨닫지 못한 마음, 그리움 안고 울고 울려나
기약 없는 기다림으로 서성이시던 둑에 앉아
비가 주룩주룩 오는 날에

무심한 사랑

벚꽃 피면

그 하얀 꽃잎이 하늘로 휘날릴 때까지

아카시아 피면

달콤한 향기 따라 너의 꿈속에라도 가고 싶었지

제 몸보다 큰 교복 입고 배시시 웃던 네가

훤칠한 청년이 되어 떠나고

저 길모퉁이 돌아 성큼성큼 대문 앞으로 다가와

안개 꽃다발 안겨주는 꿈을 꾸었지

그렇게 잠시

너를 기다리는 동안

하얀 안개꽃은 내 머리 위에 가득한데

너는 그저,

향기 찾아 날아드는 벌이 되어

꽃밭으로날아가더라

그때 그 자리에

지난해는 냉이꽃 피어 하얗게 피어나더니
올해는 앉은뱅이 제비꽃
잔잔히 깔려 봄빛이 참 곱다

딸기꽃 흰빛은 반사되는 보랏빛이 눈부셔
외면하듯 연두 잎새에게 시선을 돌리고
나무 그림자 사이엔 기다란 푸른 하늘이 서 있다

어제 이사 온 황매화, 명자나무는
뿌리에 힘주느라 애써 아픔 감추며
어설픈 미소로 찬란하게 웃더라

이웃해줄 터줏대감 능소화
지긋이 눈감으며 속삭이네
시간, 시간이 약이라고

외딴곳에서 살고 싶었다

산 하나 무너지더니
삶의 터전들 하나둘씩 생겨난다
꼴사납다
조용히 살긴 틀린 모양이다

산꼭대기 무덤 하나 벌떡 일어나
땅을 열고 귀신이라도 나오면 좋겠다
하늘 보여 좋다고 했는데
길가 단풍나무 큰 가지는 괜히 잘랐나 보다

저 높은 곳에서 내려다보는 것이
볼수록 맘에 들지 않는다
밭을 갈면서도 잡풀을 뽑으면서도
심기가 불편하다

음, 마음의 여유를 갖는다는 것이
그리 쉬운 일이랴?
적막 속에도 시끄럽고 소란 속에도 고독한 것
고요란, 결국 내 안에서 시작해야 하는 것을

산과 바다

같을 수 없었던 두 얼굴
함께한 오랜 시간으로
닮은 우리

비슷한 점 바라보느라
평생 같은 자리에
머물고 있음이라

부둥켜안아야 할 아픔
함께 견뎌야 할 안타까움
그 안에서 사랑이 깊어지지

네가 나인 듯, 내가 너인 듯
마주 보는 행복
그 속으로 젖어 드는 마음

나의 시간보다 먼저 와
줄곧 기도하는 또 다른 나
먼저 떠나는 일 없길

마음 붓이 그리는 얼굴

입술이 뻣뻣하여 검지로 잠시 만졌다
립밤을 바르고 입술을 늘렸다 접기를 반복하자
팔자 주름과 눈가에 주름이 움직였다
그 깊이를 느끼고 싶어 두 손을 얹는다

가벼운 미소와 활짝 던졌던 웃음의 흔적이
고스란히 남겨진 세월을 조금씩 더듬자니
어느새 눈 밑엔 검버섯이 피어났고
말아간 눈동자엔 흰 구름이 생기는듯하다

본디 예쁘지 않은 얼굴이 미소로 가꿔졌고
생글거리는 고운 마음이 얼굴에 새겨져
못생겼다 소리는 듣지 않았음을 기억하곤
웃음이 나왔다

귀엽다는 착각은 잘하고 살았다
또 다른 시간이 흐르면서 나의 삶은 조금씩 변해가겠지만
마음 붓으로 그리는 얼굴에 햇살 비칠 땐
맑고 선명하게 빛나는 한 폭의 수채화면 좋겠다

소주병

슬픈 이의 마음과 기쁜 이의 심장으로
달궈진 후 버려졌다

고된 자의 육체를 달래고 분노한 자의 화를
한꺼번에 표출한 손놀림에 버려져

바다로 흘러 흘러 파도에 너울너울
바위에 부딪혀 깨지고 바람에 깎기니

작은 구슬로 태어나
태양 빛에 보석처럼 반짝이게 되었네

이제 둥글게, 유순하게 살아 보리라
기필코, 고요히 살아 보리라

언젠가

바닷가에 작은집 짓고
바람 소리, 파도 소리 들으며
나란히 앉아 지는 노을 보고
천천히 나이 먹으며 살자 그랬지

너 떠나고 없는 지금
의미 없는 울타리만 세워놓고
남은 세월 어찌 사나
바다에게 묻고 있다

마지막 밤의 대화

기저구 찻 남유?
음
머리맡에 하나 더 놧쓔
음

참 조아유 앙 글면
2시에 일나구
5시에 이러나야 혀

말해 모 허유?
시상 조아졌다니께
나도 낼 부텀
영감 맹키로 해야 할까 벼

그러든지
둬 개 더 있지 아마
난 인자 물 매키질 아녀
입은 쩍쩍 마른디

다음 날 아침
할아버진 일어나지 못하셨다
그날 밤의 기저귀
적시지도 못한 채

알몸 무덤

한때 찾아오는 자손들 많아 벌초도 잘하고
반듯한 비석도 세웠으리라
이 높은 곳까지 상여는 누가 메고 왔을까?
머슴 시켜 왔을까?

효자라 불리는 아들이 메고 왔겠지
평소 좋아하시던 꽃 심고, 나무 심고
자주 드시던 막걸리도
여러 잔 올렸을 터

때 없는 무덤 보니
산자의 삶이 궁색하거나
그 또한
땅 지고 하늘 보고 누워 있을지도 모를 일

연분홍 솔나리, 노랑 짚신나물,
보랏빛 쥐오줌풀이 대 끊긴 무덤에
자식 대신 둥지 틀고 살고 있네!
올겨울 추위, 어찌 견딜꼬

2부

사형수의 조언

Great Hunger

절반도 마시지 않고 버려진 아이스 아메리카노 한 잔에

빨대를 꽂고 뿌르륵뿌르륵 소리 날 때까지 마셨다

유통기한이 지난 삼각김밥으로 한 끼를 때우고

바쁜 손길은 배송할 물건을 정리한다

새벽 배송 목록엔 내 것이라곤 하나도 없다

상자에 붙은 스티커를 한참 동안 응시하다

낯선 이름의 스티커를 떼 내고

내 주소와 이름을 적어 놓는다

내일 아침엔 나도,

집에서 따뜻한 밥과 맛난 반찬을 먹을 수 있으리라

그림자 새

고압선 위에 서서 자는
그림자 새
비바람에 흔들려도 쓰러지지 않고
꿈속에도 넓은 잠을 잔다

그 자리 탐하는 넝쿨
칭칭 감아 올라도
고른 숨으로 평행을 잃지 않고
붉은 전류 속에도 고요히 맑은 잠이 든다

새의 잠은 떨림 없이 깊어지고
뜨거운 불길로 환히
깨어서도 잔잔히
꿋꿋한 날개를 편다

멈출 줄 모르는 쥐의 식욕처럼

분명 열린 문으로 들어왔음에도
나가는 문은 보이지 않는다
아니 들어온 문과 다르다
분주한 발소리에 숨을 죽이고
불안한 심장 박동은 머리까지 울려온다

더 이상의 굶주림은 없으리라
냉혹한 추위는 피할 수 있고
맘 편히 살 수 있는 곳
내 집이 여기라 생각했는데
엄습하는 불안감은 길거리만 못하다

잠시, 분주한 소리가 발을 묶더니
어느새 고요하다, 편안해진 어둠 뒤로
배고픔이 이끄는 냄새 따라
바람 타듯 걸어가 찾은 먹이에 입을 댄 순간
검은 타르에서 버둥대는 아찔한 식욕

물의 눈

수면 위 커다랗게 뜬 눈
무엇을 담을 수 있을까?

청둥오리 떼 몸 담가
물의 각막을 휘저으며 목욕한다
날아가는 기러기 끼룩거리는
소리까지 담을 수 있을 듯하다

수정체에서 물놀이하는
소금쟁이 간지럼도
첨벙첨벙 철없이 뛰어노는
개구리도 넣을 수 있고

어쩌다 잘못 뛰어든 사마귀가
허우적거리며 서툰 헤엄을 치다
무사히 나가는 모습을 보며
다행이다 가슴 쓸어내린다

제 눈 속에서 푸른 나무가
채색하는 신비함에 스스로 놀라며
자신 안의 변화를 말없이 수긍한다
아, 그 안에 푹 잠기고 싶다

거리의 음악사

지하도 입구, 석양빛에 그을린 얼굴빛
퇴근길 분주한 발들이 그의 코앞을 스쳐 가며 품어낸 먼
지들로 인해 검어진 삶이 있음을 알지 못했다

카세트 확성기, 명랑하게 들리는 다양한 장르의 음악
낮에는 클래식이 밤에는 뽕짝이 특정한 날에는 동요까
지 그는 모든 장르의 음악을 섭렵하고 있음을 알지 못했다

어깨끈이 있는 긴 고무장화
바퀴가 달린 밀대에 엎드려 땅을 손으로 밀며 움직이는
그의 손이 아프지 않을까만 생각했지 출렁이는 파도처
럼 이리저리 밀리는 검은 장화 속이 하얗게 비어 있음을
알지 못했다

동전 몇 개뿐인 바구니
바닥에 응고된 그의 시선이 바구니 안을 돌기 시작하면
촘촘한 구멍에 까맣게 때가 되어 앉는다는 사실과 빙그
레 돌아다니는 동전 몇 개가 그의 어린 아들의 식량임을
알지 못했다

긴 그림자가 희미해지는 나의 하루는
참으로 길고 고됐음을 떨쳐 버리려고 만 원짜리 한 장
넣었다 몇 걸음 옮기다 그의 존재가 아픔으로 전해지는
동시에 내게 위로가 되는 이기적인 미묘한 감정을 떨쳐
내려고 다시 돌아가 그의 하루가 담긴 바구니에 만 원짜
리 지폐 한 장 더 넣었다

사형수의 조언

이 집엔 창문이 너무 허술해요
집안에선 문을 꼭 잠그고 계셔요
대문은 지문인식 자물쇠로 바꾸시고
현관에는 중문 하나 더 설치하는 것이 좋겠어요

문이 열릴 때
소리 나는 종 하나 달아 놓으시고
집 안이라도 너무 비치거나 짧은 옷을 입고
창가에 서성이지 마세요

아침에 눈을 뜨면 오후가 될 때까지
초조함으로 손에 뭘 잡을 수가 없어요
점심을 먹고 나서야 오늘은 아닐 거라 안심하고
하루를 더 허락하신 하느님께 감사해요

그의 공식적인 외출 삼엄한 감시 속에도
기쁨을 감추지 못해 말이 많아진 그에게
따뜻한 밥 한번 해 주고 싶었다

세상에서 가장 맛있다며
이렇게 좋은 음식은 처음이라
거듭 말하면서 그는 별로 먹지 않았다

식사를 마치고 일어나면서
안녕이란 말 대신 제발 문단속 잘하라고
부디 조심하라 당부했다

지붕 없는 집에

월세가 30만 원이라는데
지갑을 열어보니
천 원권 몇 장, 오천 원권 두 장
나는 무엇을 해서 돈을 버는 사람인가!
누구와 함께 살아야 하는지 알 수 없다

돈을 세고 있는 것을 물끄러미 보던
허름한 옷차림의 할아버지가 손을 내민다
아는 분인가?
더 깊이 생각할 겨를도 없이
"따뜻한 국밥이라도 사드세요."

메고 있는 짐 가방이 무겁다
재활용 상자 앞에 앉아 필요한 것만 챙기고
나머지는 초록 상자에 넣으며
한때 내가 아끼던 물건인데
좋은 주인 만나 잘 사용되길

빈손으로 걸으니 세상 가벼운 몸
날아갈 발걸음 어디든지
자유롭게 갈 수 있을 것 같다
이름 모를 수많은 골목을 돌고 돌고
또 돌고 돌고, 바람이 차다

아무것도 하지 않고 걷기만 했는데
가슴에 돌이 하나 들어와 앉는다
긴 한숨이 가슴 속을 채우며
되뇌게 하는 말, 이제부터 나도
저 노인의 삶을 살아야 하는가!

애정 결핍이었나?

저 나이 환갑을 바라보고 세상 살만치 살아 다 안다지만
저만 모르는 진실,
걱정하는 일 없게 하겠다면 믿어줄까?
속으로 믿는 구석이 있다고 하면 인정할까?
속 보이는 술수 눈감고 웃어주니
저 홀로 똑똑한 줄 알더이다

처음엔 그렇다고 하기에 그래도 양심은 있구나 했는데
나중엔 아니란다
저만 있는 자존심과 사투를 벌이느라
기어이 아니라며 버티더라
그런 자신에게 자괴감이 든다며 울더이다

오래 걸렸다, 정말 오래 걸렸어!
드러난 이치를 몰랐다고 할 수 없는 사실
끝내는 마지못해 그렇다며 하는 말
인정하고 사과하는 만큼 자신을 사랑해 달란다
이 독한 뻔뻔스러움을 사랑해야 할까?

늑대가 양의 탈을 쓰고
양의 행동을 하면 회개지만
늑대가 양의 탈을 쓰고
늑대 행동을 하면 위선이지 않은가!
그런 그를 사랑할 수 있을까?

내 것이 아닌 것을 위해 울지 않으리

눈가에 스치는 빗방울을 눈물이라 하지 않는다

내면 깊은 곳으로 삼키지 못하는 아픔

떨쳐내려 해도 떨어지지 않는 기억

아물어 떼어내도 다시 그 안으로 스며드는 상처

목에 걸리는 불편함과 허한 가슴

밖의 것보다 더 무거운 안의 것

불 꺼진 방보다 더 검은 자신 안에 갇힌 어두움

수없이 부딪히는 물방울이

내 안구로 스며들어 투명하게 비춰주면 좋겠다

세차게 후려치는 소나기가

가슴을 후벼 파고 있는 소금기 많은 내 눈물을

맑게 희석해 주면 좋겠다

내 생애를 관통하여 지나가는 것들을

두더지

땅속 깊이 예쁜 집 지어 놓고
숨구멍으로 벌레 잡기 흙장난에 행복하던 그가
늦가을 단풍 구경하러 밖으로 나오다 밟혀
흙에 깔려버렸다

흙 털고 일어나 물끄러미 생각에 잠겼지
이제 어찌해야 할까?
가만히 살펴보니 눈앞 무너진 흙더미 속
애벌레가 여기저기

아하!
나쁜 일만 있으란 법 없는 거였네
맞아!
이유 없이 나쁜 일은 일어나지 않아
분명!
의미가 있고, 희망이 될 거야

밀도 높은 삶

자정이 넘은 밤

창문을 꼭꼭 닫아 놓아도 들리는 소음

오토바이 소리다

전속력으로 달리고, 신호등도 무시하고

차와 차 사이를 곡예 하듯 달려야

가치가 올라가는 소리

상식 없다, 교통법규를 모른다 비난하는 내게

소음으로 들리는 이 밤

저들의 절실한 삶의 소리로

잠을 이룰 수 없다

서랍을 열면

접힌 종이 속에 담긴
고요한 하루의 고백은 밖으로 나가
누군가에겐 희망이 되고
누군가에겐 사랑이 되나 싶어
접힌 자국을 곱게 다림질로 편다

꿈틀거리는 펜은
어딘가에서 자신을 표현하고 싶지만
그리하지 못하는 이를 위해
당장이라고 뛰어나가 거리낌 없이 말하고자
잉크를 채우고 펜 끝을 단련한다

묵묵히 앉아 자신의 희생으로
과거를 지울 줄 아는 지우개는
애써 아픔을 내려놓지 못하고
밤잠을 설치는 그대가 한 손에 잡을 수 있게
가볍고 작은 모습으로 기다리고 있다

그대, 서랍을 여시게
서랍 안 차곡차곡 쌓인 저들이
세상 밖으로 나와 제 모습으로
제 자리에서 제 역할을 하도록
그대, 서랍을 열어주시게

가뭄

슬픔이 심장에 닿지 않은 걸까?
아픔이 고통스럽게 다가오지 않은 걸까?
단침이 입안 가득 고이니
혀만 달콤하게 적실뿐
울음은 목젖만 간질거린다

너무 뜨거워서일까?
뜨거움을 모르는 냉혹한 이성 때문일까?
애써,
나이 탓이라 말하고
타고 있는 가슴만 쓸어내린다

헝거 게임

물고 있는 사탕은 달지 않았다

혀의 애무로 딸기 맛과 딸기향을 느꼈고, 초콜릿 맛의 달콤함에 매료되어 납작하게 천정에 붙을 때까지 천천히 음미하기도 하고, 채워지지 않는 절실함에 넣자마자 와작와작 투두둑, 치아의 충격 따윈 상관없고 목구멍에 넘어가기 전 허겁지겁 또 하나의 사탕을 입에 넣기 바쁘다

고통을 달랠 여유가 없는 사람에겐 도저히 단맛이 느껴지지 않았다

식곤증

빨간불 아스라이 스치고
섬광 같은 시퍼런 빛이
눈앞에 번쩍이더니
멈추지 않는 경적

고개를 들 수 없고
검은 불길 아른거리며
고기 굽는 냄새가 코를 찌르는데
발이 움직이질 않는다

신호등 기둥이 조수석으로 밀려 왔다
뜨겁다, 온몸이 뜨거워진다
접힌 팔뚝으로 힘주어
문을 잡으려니 감각이 없다

삐뽀삐뽀 웽웽웽
물에 젖은 솜 같은 몸
벚꽃길로 가고 있었다
햇살에 하얀 꽃잎 흩어졌는데

벌 나비 그림자 하늘대는 푸른 숲에
새소리 청아하고 아늑한 길 끝
꽃 찾으러 갔는데
길을 잃고 말았네

신체에서 물이 빠져나가고
숨소리가 귓전에 맴맴
답답한 코를 더듬으며 눈을 뜨니
네모진 방, 하얀 벽

아, 아직은 아직까지는
좀 더 살아야 하나 보다

가난한 방

싸늘한 방 안 가지런한 이불은 주인을 기다린다

자신의 본분이 주인을 감싸 안아 따스하게 해줘야 함을 잊은 것일까?

발을 넣은 순간 소름 돋는 찬기가

천천히 발끝부터 들어와 나의 체온을 가져간다

전해지는 나의 따스함이 좋아서일까,

싱글벙글 숨 가쁘게 마시고 내 쉬는 부픈 솜의 기운은 더욱 싸늘하다

가난할수록 두툼해져야 할 이불

겹겹이 덮어야 하는 고단한 삶의 곤한 잠자리

그래, 맘껏 나의 체온을 느끼려무나 나는 너의 찬기를
느끼며

언젠가 내게도

너의 따스한 기온 전해질 날 오겠지!

사람이 변하는 이유

자연은 그 답을
사계절 변화로 답하더이다
세월은 저 홀로 가는 것이 아니라며
꽃 피고 지고
열매 맺고 낙엽 지고
생로병사 인생사 그중 하나 일터

살다 보니
흐르는 데로, 변하는 데로
'나'를 맡기고 바라보면
그 모습도 '나'이더이다
또 다른 '나'의 발견
변하는 것이 아니더이다

그리 생각합시다
풍요로운 '나'를 받아들이는 것
다양한 자신에게 애정을 더하는 것이며
이 또한 다른 이의 변화를 받아들이게 하는
자연의 섭리라고

그러하지 아니한가!

내가 너를 너라 칭해야
너는 나의 상대가 되는 것이고
흐르는 시간에 나의 개입이 있어야
그 시간이 내 삶이 되지 않겠는가!

내 삶의 순간순간에
내가 의미를 부여하지 않는다면
그저 흘러가는 세월일 뿐
그 시간에 들어가 부대끼고 간섭되어야
비로소 순간의 생이 나의 삶이 되는 것이 아니겠는지

먹다 남은 음식을 밭에 뿌린 다하여
바로 거름이 되겠는가?
하늘에서 내리는 소나기가
대지를 뚫는다 한들
즉시 샘이 되겠는가 말이다

어쩌란 말인가!

아, 하품이 자꾸 나온다
그도 그럴 것이 찬 흙더미 속에서
얼마나 오래 잤던가!

얼어버릴 듯한 추위와 쏟아지는 졸음에
어쩔 수 없이 묶인 몸이 되었으니
깊은 잠에 빠질 수밖에

두꺼운 하얀 이불 덮었던 겨울 지나고
봄 햇살에 녹은 따스한 물로 목욕하니
오랜 목마름 해소로 생기가 돋는다

겨우내 움직이지 못했던 몸
이리저리 흔들어보니 누웠던 잔털과
짧은 다리가 다시 곧아진다

봄볕, 눈부시다
하늘이 저렇게 파랬었나?
물빛은 얼마나 찬란하던가!

새벽녘 푸드덕 요란한 소음은
철새들 목욕하는 소리였군
어딜 가려 저렇게 치장하는지

물가에 제 모습 비춰보려
살며시 기어 나온 애벌레
아뿔싸, 몸이 날고 있다

날카로운 황새 부리에 물려
하늘에서 떨고 있다

후회 않는 거짓말

지금은 이해하기 어렵지만, 언젠가 알게 될 거야
맞지 않은 셈법이라 보이지만
훗날 셈하지 않아도 스스로 이치에 맞게 되는 것을
의식하지 않아도 알게 될 거라고

그 말이 자신을 시간 속에 묶어 놓을지도 모르는데
먼 훗날을 아는 것처럼 그렇게 말했었지
이해할 수 없는 진리와 설명하기 힘든 아픔을 견뎌야 하니
시간을 핑계 삼아, 그럴 거라 믿으면서

세월이 저 홀로 가며 알아서 알려 줄 거라고
이 순간순간을 비밀의 괘에 차곡차곡 쌓아두면
언제가 때가 되어 그 괘를 열어야 할 때
기대 이상의 희망이 봇물 터지듯 흘러넘칠 거라고

사실, 그때 나는 먼 훗날을 몰랐다
미래가 도래하는 지금도 그 답을 알아내지 못했다
단지, 그 언어에 나를 묻고 비밀의 괘로 들어가 침묵하고
싶을 뿐
누구든 오해할 권리가 있고, 해명할 의무는 없으니까

3부

그리움이 나를 부를 때

누워 사는 나무

눈은 제대로 감을 수 있으려나 몰라
팔도 들지 못하고
고개도 돌리지 못하는 나무가
웃을 수는 있는지

제게 붙은 가지들과 잎새들이
깔깔대며 바람 속에 웃을 때도
태풍에 제 몸이 깎이어 나가도
울지 못하는

한 꺼풀 두 꺼풀
떨쳐내지 못하고
쩍쩍 갈라지는 껍데기로 남아
그 고통 견디며 누워 사는 나무

아하,
그에게 연보라 나팔꽃이 찾아왔네
여린 줄기로 보듬으며
껍데기 사이사이로 피어나는

들에 불을 놓아

봄이 왔다지만 들판은 아직 휑한 바람만이 가득하다
논둑엔 들불을 놓아 뿌연 연기가 피어오르고
노인은 콜록콜록 기침하며 불길 따라 불잡이 한창이다

한겨울 추위를 피했을 벌레들은 날벼락 맞는 날
아! 주위를 돌아봐도 갈 곳이 없다
그냥 이곳 불기둥 속에서 자신을 태워야 하리
활활 타올라 제 몸이 불꽃이 되어야 하리

같이 갈 수 없는 두 삶의 길
생존을 위해 누구를 생각할 겨를도 없이 불을 지르고
삶의 터전을 잃고 불기둥에 몸을 사를 수밖에 없는
재가 된 곤충은 좋은 곳으로 갔을까?

데워진 봄바람의 훈훈함은
영문도 모른 채 허공을 맴돌고
콜록콜록 기침하던 노인은 담배 한 대 물고
뿌연 연기 속 붉은 석양빛을 바라본다

시선

숨어서 피려 한 것이
아니기에
그대 눈길 닿지 않으면
왠지 가슴이 아리다

어느 날
어찌어찌하다
그대 눈길 닿으니
아하!
나 맘껏 웃어 보리라

구스타프 클림트의 키스

들뜸과 흥분 빨판을 맞대고
뻘 속으로 뻘 위로
쓰멀쓰멀 기어 다니며
흥건히 점액을 토해낸다

하얀 점액 가득한 뻘을 훑어
한 움큼의 퍼런 고동
펄펄 끓은 물에 넣으니
들떴던 빨판 숨어버리고 마네

아! 목숨, 삶아진 고동 꽁다리
칫솔 구멍에 넣어 톡톡 부러트려
쪽쪽 빨아대면 작은 알갱이 아작아작
터진 바다 내음 입안에 가득

그 사내가 생각난다
쪽! 쪽! 달고 달다
이만큼 연습했으니 오늘 밤
그 사내와 황홀한 키스할 수 있겠지

고요한 축제

태양이 내뿜는 오묘한 기운, 검붉은 빛은

대각선으로 바다에 서서 안개에게 춤추자며 손을 내민다

하얀 거품 물결 위로 사뿐사뿐 원을 그리며 돌고 돈다

해변 끝자락 솔가지 위에서 부러워 바라보던 바닷새

안개와 마주친 눈빛

호들짝 놀라 달아나다 샛별 품에 안기고

엉겁결에 짝이 된 둘은

밀려왔다 밀려가는 파도 위로 내려와

석양과 춤추는 안개와 나란히 서서 현란하게 춤을 춘다

초승달조차 아련한 불빛으로 흥분되어

어둠 채 닫지 않는 하늘 밖으로 나와 가물가물

홀로 춤추고 있다

두둥실, 두리둥실

내 맘은 그게 아냐

하늘하늘 바람이 발등을 스치니
몸의 무게 만큼 발이
땅속으로 들어간다

아! 두더지, 너였구나
부지런도 하지, 밤새
얼마나 큰 집을 지어 놓은 거니?

곰보빵처럼 솟아오른 땅 더미
한 걸음 한 걸음 밟으며 가 보니
참 길기도 해라

포근히 밟히는 대지
마치 하얀 눈처럼 뽀드득, 뽀드득
발걸음은 흥겹지만
네가 오해하고 있는 거란다

나는 결코 이 놀이를 좋아하지 않아
만나면 분명하게 말해주고 싶은데
얼굴을 볼 수 없으니 음, 음
답답하기만 하네

방황하고 싶다

막연히 그리움 한 조각
가슴에 품고
파도 소리 들려도 좋고

산들바람에 밀려
알 수 없는 곳에
닿아도 좋을

기다리는 이 없어도
발길 따라 마음 하나 챙겨
홀로 떠나고 싶다

무덤 위에 핀 꽃

늙어서 피는 꽃이라
할미꽃이라 했나
죽어서 피는 꽃이라
할배꽃이라고 했나

무엇이 그리 부끄러워
세상 보기 부끄러워
태어날 때부터
고개 들지 못하는가!

차가운 날은 인내로
따스한 날은 온화함으로
거친 꽃잎 끝에서
느낄 수 있는 할미의 삶

지혜 안고 겸손 담아
속으로, 속으로 피어
누구라도 청하면
모든 것을 내놓는 수줍은 마음

바람 닮은 작은 꽃

모든 것을 뛰어넘는

늙어야 피는

초월 속에 피는 꽃

바다

뜨거운 태양의 열기를 식히고
갈매기도 쉬어가는 너의 품은
쉼을 갈망하는 이의 좋은 안식처

너의 평온한 미소는
가난한 이의 설움도 안았고
헛손질한 그물의 허한 뱃고동 소리도
거절하지 않는 너의 품은 고향의 따스함
하루의 고됨을 품에 안아 잠재운다

해초도 잠들고
바람이 풀피리 부는 밤
풀벌레마저 잠재우고 침묵하는 너는
오직 커다란 가슴이어라

집들이

잦아든 바람으로 고요한 아침

고운 햇살 괜스레 설렌다

바람난 벚꽃잎 떠난 자리에

연두 잎새 찾아와

자리 잡고 살림 차리네

지지배배 지지배배

축복하려 찾아든 참새떼

붉은 버찌 가득하길 기원하며

떠나보낸 꽃잎 아쉽지 않게

풍성한 열매로 부자 되기를

천만다행이다

산란기에 첨벙첨벙 물살 일렁대는 참붕어
복사 꽃잎 배 꽃잎과 은빛 출렁이며 노닐다

낚시꾼 바늘에 대롱거리는 지렁이를
배고픔에 덥석 물었다

입질 왔다 껄껄대는 낚시꾼 '대물이다!' 외치며
낚싯대를 하늘로 잡아채 올렸다

미소를 채 얼굴에 담기도 전에
"아저씨, 여기서 낚시하면 안 돼요!"

날카로운 여인네 목소리에 놀라
힘 풀린 손 놓치고 말았다

살았다, 살았어
만삭 붕어 살았네

백화산*

척박한 돌 틈 사이로
솔 씨 하나 날아와
만고풍상을 겪고 태어난
열 형제 할아버지 소나무와

굽이굽이 숲속 많은 바위
그 이름 다 알 길 없고
바다를 바라보며
바둑을 뒀을 법한 망양대에서

정교하게 그려진 선들 속
검은 알, 흰 알 들고 탁주 한잔 걸치고
세상에 놀 듯 하늘에 놀 듯
파도에 쓸려가고 바람이 밀려온다

당당한 체구의 여래
양옆 두 손으로 보주 받든 보살
태을암의 마애삼존불은
어제나 오늘이나 그곳에 산다

*충남 태안에 있는 산

알기나 할까?

낚시꾼이 낚아 올린 도다리 한 마리
파닥파닥 바다로 돌려보내 달라는 아우성인가!

지렁이 달린 바늘이 물결 따라 하늘하늘 유혹할 때
그것은 미끼였다고 의심했어야지

왈칵 물어버린 순간, 이미 늦었다
의지와 상관없이 너무도 쉽게 올라왔다

머리통 한 대 맞으니, 제 몸 잘리는지 모른다
얇게 저며져 머리와 등뼈가 통째 빠지고 잘게 잘려

초장에 발린 채 입으로 들어가 쫀득쫀득 씹히고
알코올과 함께 목구멍으로 술술 넘어가는 줄

부디, 아무쪼록

산행을 시작하면
시간은
산속으로 들어간다

어젯밤 들리던 무거운 초침은 바위 속으로
날카롭게 찌르던 분침은 나무 속으로
초조하게 새벽을 기다렸던 시침은 느리게 산을 오른다

없어진 시계 소리
잠시 바위에 앉아 바람에 땀을 식히고
느릿느릿 걷고 또 걷고

오르막도 내리막도 잊은 채 쉬엄쉬엄 걷는다
부디, 아무쪼록
정상에서 깊은숨 들이켤 수 있길

백발 민들레

돌 틈 사이 힘겹게 머리 들어
세상 구경한 여리고 푸른 잎
바람에 흔들리던 연약한 줄기가
노랗게 꽃 피워
지친 나비 쉴 자리 내어 주고
목마른 벌 달콤한 꿀 맘껏 마시도록
찾아옴을 거절하지 않는 포근한 자리

먼 산 파랑새 노래며
해 질 녘 뻐꾸기 구슬픈 사연과
목 놓아 울어야 할, 아니
즐거움의 함성일지 모를
개구리의 노래도 놓치지 않고
빙그레 고개까지 끄떡이며 듣는 귀
이제 모든 것을 내려놓아야 할 시간

긴 밤 어둠 밝힌 달빛
새벽마다 살며시 다가와
목욕시켜 주던 이슬의 손길
모든 고마움을 뒤로한 채
화사했던 머리카락
하얗게, 하얗게
변해가는 자신을 받아들여야 하리

가벼워지는 몸무게에
미소 지을 수 있을까?
바람이 데려가는 분신을
고요히 바라볼 수 있으려나
그래, 이 몸부림으로 모두 날려 보내리
어디로든 날려 보내리
훨, 훨

상처

열매를 속는다고 손을 뻗었다

키 작은 탓에 가지를 당기고 말았다

“쩌걱” 갈라지는 소리에 가슴이 철렁하고

더 쪼개질 듯하여 멈춘 손, 부들 떨린다

잘린 나무 속살에 찬바람 닿자

시려, 너무 시려 눈물이 고인다

더 좋은 열매 볼 수 있으려나

짝사랑

숨 막히는 설렘이다

한걸음에 달려가 내 곁에 있어 달라

보고 또 보고

버거워 밀어내다 다가가 서성이다

덥석 잡지 못하고

만지작 만지작 떨리는 손

타오르는 가슴에 품고 안으려 하니

어느새 먼 산언저리로 날아가

파랑새와 노래하고 있구나

뻐꾸기와 둥지 틀고 있구나

재의 독백

당긴 작은 불씨 활활 태우리라
푸른빛으로 뜨겁게 타올라
열정 다해 남김없이

태움 속에 씻어라, 미련도 아쉬움도
정갈한 마음조차 맑은 불꽃으로
태우고 또 태워 정화하리라

밑거름되리라
완전히 불살라
침묵 속에 새 생명 키우리라

그리움이 나를 부를 때

참나물 잎새 끝에 맺힌 이슬

도르르 굴러 내 마음에

똑, 똑

고요하게 시작된 동그라미

번지고 번져 가슴속을 간질대도

웃지 못하는 마음

봄나물 한 소쿠리 캐어다

고추장 붉게 비벼 한 입 넣고

아!

두 줄기 눈물이

뚝, 뚝, 뚝

너를 위해

초승달 빛 흐르는 날
희고 눈부신 적삼 입고
어릴 적 보았던 비구 스님의 바라춤
그런 춤의 날개를 펴고 싶다
달빛 아래서

학이 되어 나르네
촛불처럼 훨훨 타올라
정수리에서 뒤꿈치까지
흐르는 선 그 맥은
끊어지지 않네

보름달 산머리에 떠오르는 날
먹색 풀 먹인 베옷 입고
서걱서걱 소리 내며 달빛 연등 아래
하얀 그림자 밟으며 합장하고
불공드리고 싶다

목탁은 배워서 익히는 줄 알았다
맥박처럼 울리는 소리인걸
기도하는 마음 따라
빠르게도 하고 느리기도 하고
때론 쉬기도 하고

사뿐사뿐
허공을 날 것 같은 마음으로
초승달 밝은 날
달빛에 그을린 마음으로
바라춤 추며 고요히 기도하고 싶네

커피 한 잔 마시며

평행을 맞추려는데 휘청, 걸을 수가 없다

귓속엔 언제부터 살기 시작했는지

벌 한 마리 들어와 윙윙대고

두뇌 속엔 모기 한 마리

끊임없이 물어대 간질간질

모든 내장의 것은 뒤섞여

시작과 끝을 알 수 없다

오늘도

나는 똑바로 서는 연습을 한다

하얀 달빛 아래서

4부

투명한 겨울 속살

남실바람

별 하나 고요히 벚꽃 위에 앉으니

잠자던 바람 벌떡 일어나 그 옆에 머문다

별빛, 알 수 없는 흔들림에

여기저기 흩뿌리는

꽃비, 꽃비

괜스레 시샘하는 바람도

별빛 속에 묻혀 꽃이 되고 싶었지

그 맘 알아챈 달빛

하얀 마당 쓸고 가네

춘월화

하늘 낮은 자리
왕별 옆 아기 눈썹 뜨고 서서
꽃잎 닮은 미소로
함께 지새워 달라 청한다

꽃샘바람 심술에
작아지는 마음
까만 고요 속 그리움이
하얀 꽃눈 끝에 뚝, 뚝

밤새 다독이던 손길에
조금씩 커지는 봉우리
꾹 다문 입가 촉촉해지니
기다렸던 함박웃음

일순(一瞬) 화사하게 피었다

아침 산책

새벽안개가 망일사 대웅전 마당을 쓸고 지나갈 때 즈음

스님은 타종을 위해 꽃비를 밟고 오신다

딩, 딩, 딩

맑지만 조금은 둔탁한 종소리가 어둠을 걷어가면

재잘재잘 종달새 소리 요란하고

이마에 땀 닦으며 찾아드는 마을 사람들

누구는 전망대로 누구는 운동기구로

불심 많은 누구는 대웅전에 가지런히 신 벗고

백팔기도 드린다

망일산에 길게 늘어진 햇살이

이제 모두 일어났느냐 기지개 켤 때

숲은 푸른빛으로 활기차고

바람은 그제야 깊은 잠이 든다

생명의 단비

목멘 기다림은
꽃눈 위 맺힌 빗방울의 입맞춤으로
깊은 생명 전해진다

한 번 맺은 인연은
억겁의 세월 뚫고
내가 너를 알아보고 네가 나를 알아봄이요

시공 속
끊임없이 돌아가는 수레바퀴 인생도
언약하지 않아도 맺어지는 끈이거늘

기약 없이 떠나도 되돌아올 그리움
무량한 기도 속에 가둬 두지 않아도
찾아오는 발길

꽃눈 어루만질 손길
함박웃음 불러낼
귀하고 사랑스러운 빗줄기

밤마실

마른 잎 차곡차곡 쌓인 대지 속 생명 깨우느라

봄비는, 힘겨운 밤을 홀로 보냈으리

햇볕 따스하게 드리우는 아침

온 겨울 움츠렸던 땅강아지

짝짓기 나서느라 온종일 분주하고 흥겹다

초저녁 늦게서야 깨어난 무당벌레 한 마리

후끈 달아올라 짝 찾으러 나왔다가

석양빛에 매료되어 넋을 잃고 있더니

이내 달빛 고요한 정취에 빠져 짝짓기는 잊고

그와 마주 앉아 밤 깊은 줄 모른다

거절된 사랑

새벽 저수지에서 푸드덕
청둥오리 목욕 소리에 잠이 깨어
살며시 연 창으로 햇살이
고개를 내민다

뒤뜰 벚나무 아래
제 짝 만난 까치 한 쌍
날 밝는 줄 모르고
까아깍 끼루룩

정다운 한 쌍 옆
민머리 된 까치
벗겨진 제 털 쓰고
축 처진 가지 끝에 앉아

설익은 버찌만
물었다 놓고 물었다 놓고
붉어진 부리만
매만지고 털어내네!

밤

햇살 고운 유월
온 산을 뒤덮었던 하얀 꽃
칠, 팔월 뜨거움은
그 하얀빛을 초록으로 물들이고

구월 산들바람엔
누가 건드릴 수 없도록
가시 세워 제 모습 뽐내더니
이제 그 속을 드러내는구려

오래도록 감추어 두었던 아름다움
아무도 탐하지 못하도록
안으로 스며든 침묵
정화되어 여문 매끄러움

톡, 톡 속절없이 떨어져
그 하얀 속살 매만지니
까칠함 속 부드러움
그 깊이를 알 것만 같아라

파도

조그만 파문을 몰고
해안으로 밀려드는 너는
고운 모래 위에
옅은 발자국만 남겨 놓고
잡을 수도 찾을 수도
없는 곳으로 사라져 버린다

조개들의 숨소리를 들으며
너의 그리움을 온몸으로 품어
달에게 전하니
어둠 뚫고
고운 달빛으로 내려와
나 대신 너에게 입 맞춘다

세찬 바위에 부딪히는 아픔도 이겨내며
작은 몸 산산이 부서져
잠시 머물 공간조차 사라지고
이리 밀리고 저리 쓸리는
고달픔의 하루를
식은 태양 마시듯 삼켜 버리는 너

결코, 바다를 떠나 살 수 없고

갈매기 노래도, 일출 일몰의 몸짓도

위로가 될 수 없기에

바다 품에 머물며 노래하는

너의 푸른빛 언어는

내 생명의 노래

비꽃

찰랑찰랑 마음의 샘에
누가 흘려 피운 꽃일까?

슬픔의 눈물은 어항이 되고
기쁨의 눈물은 왕관이 되네

한 방울 한 방울
이유 없이 내리는 비가
어디 있으랴

오늘은
작은 비꽃 속 어항 되어
금붕어 둬 마리 길러 보고 싶네

비경

기암절벽 낭떠러지
폭풍이 수놓은 싸늘한 빛
섬광이 찍어놓은 붉은 점
폭포수 속으로 품어
산천을 울린다

흥에 겨워 나는 새들
한 줌 흙, 바람 같은 삶
달빛에 잠들고, 이슬에 깨고
묻어 살 영원의 자리
이만한 곳 또 있으랴!

산책하며 느끼는 처서

순풍이 귓불 밑을 스치니 머리카락이 입술에 닿았다 따끔! 아프다 그래, 그때의 입맞춤은 황홀하기보다는 이별을 예감한 아픔이었다, 진하게 커피를 내리자 한 잔 가득 담아 두 손으로 감싸며 창밖을 바라보니 다시 싸늘한 바람이 얼굴을 때렸다 입을 대기에는 아직 뜨거운 커피잔, 뜨거운 줄 알면서 왜 얼굴에 댔을까? 깜짝 놀라 왈칵 커피를 쏟았다 맨발로 정원을 걸을까? 아니, 양말을 신었다 덧신이라 해야 맞을 앙증맞은 발목이 거의 없는 양말을 신으면서 새끼발가락 옆에 발가락 주머니가 있음을 알았다 엄지발가락 옆에도… 발가락을 넣으려다 발등에 있는 고양이와 눈이 마주쳤다 아,
고양이 귀였구나! 예쁜 귀를 쫑긋 세운 고양이 한 마리를 발등에 얹고 정원으로 나갔다 얼마 전 예초기로 깎아낸 풀 향기가 축축한 대지를 말리는 태양의 열기로 더 진해진다 땡볕에 건조된 자두나무 잎새는 목이 말라 보이네, 순간 목이 말랐다 건조한 입술에 침을 바르며 커피 한 모금 물고 입안을 촉촉이 적셔보지만 목마름은 해소되지 않았다 하얀 배꽃, 연분홍 복사꽃이 바람에 휘날리던 지난봄, 벌들이 찾아와 노란 꽃술에 앉아 노래를 했을터, 온통 노래에 열중한 탓에 꽃가루 나르는 일을 게을리했을까?

올해는 열매가 적다 복사꽃 볼 붉은 수줍음으로 노래했던 그 새들은 어디로 갔는지 오늘은 조용하다 맺을 열매 모르고 피웠던 꽃들이 한 잎 두 잎 떨어진, 그 자리에 봉긋하게 있어야 할 열매들이 없다 그 아래 잔잔한 흰빛으로 피어있는 부추꽃, 연약한 줄기가 어찌 저리 당당할 수 있을까? 상대적 열등감이 몰려온다 다소곳이 피어난 잎새 사이로 몸매를 자랑하듯 허리 펴고 꼿꼿이 노란 머리 들고 선 꽃술들, 또 한 번 부러움에 움츠린다 촉촉이 젖은 잔디를 밟으니 싸늘한 한기가 올라온다 양말 신길 잘했다 습한 기운이 뒤꿈치부터 정수리까지 차갑게 느껴진다 화초 사과의 신맛이 느껴졌다 앙증맞은 사과나무 뒤로 묵묵히 꽃을 피우며 여름을 지켜온 백일홍이 눈이 띈다 무심코 바라봐도 어찌 저리 고울까? 백일을 피고도 그 뽐냄이 사그라지지 않고 꽃비 되어 내린다. 붉은 꽃비가 내린다 몇 걸음 더 옮기니, 주황빛 능소화, 담장을 타고 어디까지 오르려는지, 능소화 꽃술 만진 손으로 눈을 비비면 장님이 된다지? 고운 빛에 푹 빠져 장님이 되어도 좋겠다 생각했다 사랑은 이렇게 제 살 깎는 줄 모르고 빠져드는 것일게야 가을을 데리고 오는 바람이 휘~ 턱 끝을 스친다. 재채기 뒤 번하고 차갑게 식은 커피를 벌컥벌컥 마신다

미련

바람이 지나간 뒤
남는 것은 고요
처음엔 바람을 피하고자
거죽을 덮어썼다

겹겹이 옷깃 여며도
더 깊은 곳으로 스며들어
뼛속에서 일고
심연에서 회오리치고 있는걸

아! 모두 부질없는 짓

가슴속 사랑하리란 몸짓이
나를 부르고 있는걸
아! 이젠, 멈춰야지
허공을 휘젓던 일들

탐욕의 미소

어느 한적한 고가를 지나다 무심결에 본 감나무

햇살에 빛나는 주홍빛
탐스러운 열매가 멀리서도 반짝인다
돌아서도 눈가에 어른거리고
바람에 흔들린 빨간빛이 하늘에 걸려 있다

지나다 얼핏 보아도
한입 물고픈 유혹
어찌하면 저것을 내 것으로
어찌해야 저것이 내 품으로 올까
머리는 온통 주홍빛 유혹으로 가득
그 유혹의 검은 그림자가 나무에 닿자
뿌리가 움찔하고 잎사귀와 열매가 흘기고
동네 개들이 울부짖으며 그만하라
달빛도 흔들며 멈추라 하건만

손짓은 멈추지 않고 욕망은 불안을 이기려 한다
그렇게 욕심과 싸우다 동트는 새벽
가을밤이면 더욱 붉게 익어가는 붉은 홍시가
'뽑혔다!'
내 것 되었다

억새꽃 연가

가을 오는 길목에
쓸쓸히 바람 따라 흔들리던 억새꽃에
실려 든 사연들
담고 또 담아
곱게 뭉쳐버린 마음

겨울 바람에게도 내어놓지 않는
까칠한 흰 솜방망이
제 몸 지탱키도 힘든데
저리 쥐고 있으니
귀하디 귀한 모양이다

떨구어 내려는
모진 삭풍에 굴하지 않고
온몸으로 지켜오던 솜방망이가
맥없이 무너져 내리누나
하늘의 하얀 고독 앞에서

기나긴 겨울

세찬 바람에도 끄떡없고

깊은 침묵 속에 지켜오던 사랑이

와르르 무너져 하얀 사연과 함께

긴 여행의 마지막 밤을 보내네

가을 한숨

새벽 산을 뒤덮은 된서리
온 세상을 하얗게 만드는구려
태양이여 더디 오라 애원하며
뿜어내고 또 뿜었더니
잿빛 구름 나타나
폭우 같은 흰 눈발 쏟아 놓고 마네

느닷없이 눈 기둥에 쓰러지는
붉은 단풍잎, 노란 은행잎
질긴 생명
가지 잡고 간신히 버티는 잎새
찬 바람은 이제, 그만 놓으라
훌훌 날아 떠나가라 하네

투명한 겨울 속살

바람조차 고요한 밤

한꺼번에 너무 많은 물을 안았던 여름

그때를 회상하며 하늘은 하이얀 고독을 뿌린다

하늘의 지혜다, 작은 공간에서 더 넓게 머무는 것은

고요히 내뿜는 숨

태양이 부르면 언제라도 가야 할 목숨

황홀한 아픔, 아름다운 슬픔이여

정갈한 빛의 언어 태양과의 비밀을 깨달은

오! 숭고한 죽음이여!

설경

숨 가쁘게 달려온 바람이
창을 두드리려 내다본 하늘
하얀 거품 마당에 몽실몽실
떠다니는 작은 솜사탕

그곳에서 노닐던 삽살개
먹다 만 쑥 털털이 한 움큼
먼 산 중턱에 걸어 놓고
연실 돌아보며 헉헉거린다

끊임없이 쏟아 놓는 겨울 사랑
그 덕에 무거워진 기러기들
낮은 비행하며 어디서 몸 말릴까
이리로 휙~~ 저리로 휙~~

처마 끝 아른아른 고드름 사이로
V자 그리며 나는 새 떼 쫓아
삽살개 눈과 고개는 갸웃갸웃
내려와 함께 놀자며 멍~ 멍~

외로운 폭설

악몽에서 깨어난 바람
상념에 잠긴 반달에게
이 밤 함께 지새우잔 말 건네자
주위를 맴돌며 졸던 구름
추락하는 영혼에게 벗하자
손을 내민다

무심한 달빛은 등 돌리고
그리움 가득 채운 하늘에선
하얀 물이 흐르다 얼어
기암괴석 작은 틈을 메우고
그사이 우뚝 선 나목은
추위 속에도 깊은 잠을 자네

온 밤 내 쏟아지는 하얀 영혼
달빛보다 더 흰
구름보다 더 가볍게
외로운 바람 달래주며
그 위를 하염없이 훨훨 나른다

희망

공허한 마음속에 하얀빛이 차곡차곡

임 떠난 빈자리엔 슬픈 기다림의 서리꽃

스쳐 가는 바람 소리 휭~휭~ 속삭이네

봄이 멀지 않았어!

꽃 피고 열매 맺고 새가 날아들 거라고

해설

신앙으로 승화된 의식, 사물의 시적변용
— 최연희의 시세계

손희락(시인·문학평론가)

1. 표제시를 중심으로 한 탐색

『봉숭아 꽃물 들이고 싶다』 이후 두 번째 시집을 상재하는 최연희의 시는 주제가 다양하다. 일상에서 본 것과 느낀 것을 이미지로 형상화하여 자기 정체성을 획득한다. 시인으로서 무엇인가 써야 한다는 심적 부담에서는 자유로워 보인다. 어떤 주제든 자기만의 목소리와 시법으로 천착하기 때문이다. 시적 비유나 표현 방법에서 독특한 그의 시를 음미하면, 인생길, 유유자적한 일면이 있고, 깊은 신앙심에서 표출된 아가페적인 언어들이 독자를 포용한다. 때론 어린 아이처럼 표현한 동시 풍의 작품도 눈에 띈다. 시를 음미할 독자를 위해서 시인의 정서와 내면의식을 탐색해본다.

고압선 위에 서서 자는
그림자 새
비바람에 흔들려도 쓰러지지 않고
꿈속에도 넓은 잠을 잔다

그 자리 탐하는 넝쿨
칭칭 감아 올라도
고른 숨으로 평행을 잃지 않고
붉은 전류 속에도 고요히 맑은 잠이 든다

새의 잠은 떨림 없이 깊어지고
뜨거운 불길로 환히
깨어서도 잔잔히
꼿꼿한 날개를 편다

—「그림자 새」 전문

이 시는 목도한 정황에 대한 시적 묘사이다. '고압선 위에 서서 자는 새'를 인간의 삶과 동일시한다. 사물이 발하는 몸짓이나 징후를 언어로 포착하여 "붉은 전류 속에서도 고요히 맑은 잠이 든다"고 표현한다. 현상에 대한 관찰력이 예사롭지 않다. 새가 앉은 전선은 피복이 입혀진 안전한 공간이지만, 강풍에 흔들려 위태롭다. 전선 밑으로 흐르는 죽음의 불꽃, 붉은 전류에 시인은 주목한다. 이 시에 등장한 '새'는 단순한 사물이 아니라 생존위험(고압전류)에 노출된 인간으로 변환된다. 시의 결미에 보면 "깨어서도 잔잔히 / 꼿꼿한 날개를 편다"는 희망적인 메시지를 안착한다. 이 시를 표제로 택한 것은 전략적 의미가 내포되었다. 나의 시는 절망 속에서 희망을, 실패 속에서 성공을 기원하는 메시지를 담았다는 확신적 선언이다. 코로나 시대, 시대. 인간의 현실은 고압선 위에 앉은 위태로운 새들 같지만, 현실극복을 위한 "꼿꼿한 날개"를 선물하고 싶어 하는 사랑이 감지된다. 시에 등장한 "꼿꼿한 날개"는 희망의 도구이며 탈출구이다. 모든 인간은 전선줄의 새처럼 슬픔과 고통 속에서 먹이활동을 한다. 시인은 고통 속에서 살다가 죽음으로 끝나는 인간의 운명을 수용하면서도 삶의 날갯짓이 활기차도록 그 무엇인가 제공하고 싶어 한다. 최연희의 시는 지향점이 명확하다. 소명감도 투철하다. 영혼을 실어 나르는 "꼿꼿한 날개"를 만들기 위해 고뇌 속 언어를 조탁한다.

말을 앞세우기보다 움직일 것이다
책임지지 못할 일은 행동하지 않을 것이며
머리 대신 가슴으로 이야기할 것이다

자신이 현명하지 못했으며
누구를 탓하기보다 내 탓이라 인정할 것이다

애써 배운 것의 바닥을 드러내지 않을 것이다

—「육십으로 산다는 것」 부분

5연 15행으로 짜인 긴 작품이지만, 일부분만 소개한다. 첫 연에서 시인은 "머리 대신 가슴으로 이야기할 것이다" 다짐한다. 좋은 시는 독자의 가슴을 파고든다. 너무 난해하여 소통 불가능한 언어보다, 편안한 구어체 어조의 목소리가 시적 효용이 크다. 어느덧 육십, 인생 황혼기를 맞은 시인은 심적으로 조급하다. 삶의 층위를 일깨우는 시 창작에 집중한다. 언제, 어느 때 절대자의 부름을 받을지 알 수 없기 때문이다. 이번 시집은 육십까지 살아오는 동안의 직간접 체험과 종교적 사상이 혼합된 언어형상화이다. 시인의 목소리(메시지)가 어딘가에 닿아 천하보다 귀한 영혼을 구원할 수 있다면, 화자는 그것으로 대만족이다. 시인은 아름다운 욕망을 품었다. 언어로 사유한 꿈과 포부는 아름답지만, 구현해내기는 쉽지 않은 일이다.

2. 빈부, 차별 없는 공존의식

최연희의 언어는 냉정한 현실 위에서 슬퍼하며, 고뇌하며, 기도한다. 빈과 부를 극명하게 가르는 이기주의는 인간

공존, 사랑의 공존을 허용하지 않는다. 자기중심적, 쾌락과 탐욕을 우선하기 때문이다. 이 시에서 포착된 '공존의식'은 주목할 만하다.

> 열매를 속는다고 손을 뻗었다
> 키 작은 탓에 가지를 당기고 말았다
> "쩌걱" 갈라지는 소리에 가슴이 철렁하고
> 더 쪼개질 듯하여 멈춘 손, 부들 떨린다
> 잘린 나무 속살에 찬바람 닿자
> 시려, 너무 시려 눈물이 고인다
> 더 좋은 열매 볼 수 있으려나

—「상처」 전문

전연 7행으로 짜인 이 시는 사물을 끌어들여 변형시킨다. 가지가 부러진 나무를 치유의 시선으로 응시한 표현력이 돋보인다. 3행에서 "가슴이 철렁했다" 4행에서 "멈춘 손, 부들 떨린다" 6행에서 "너무 시려 눈물이 고인다" 등은 심적 아픔이 감지되는 진술들이다. 사물을 변용시켜 새로운 이미지를 만드는 일은 결코 쉽지 않다. 시의 독자는 '상처 입은 나무' 이야기로만 인식하지 않고, 시공간에서 상상력을 확대한다. 자아 상처 입은 모습이나 친지의 모습으로 변형시켜 음미하기도 할 것이다. '쩌걱' 상처 입은 나무는 도움이 필요한 인간의 상징물이다. 이 시의 결론은 "더 좋은 열매 볼 수 있으려나" 하는 시적 기원으로 마무리 된다. 이 시에 나타난 시적 특징은 '안타까움'이다. 애처로워 흘리는 시린 눈물과 고운 심성은 시를 읽는 독자의 가슴으로 전이되기에 충분하다.

자정이 넘은 밤
창문을 꼭꼭 닫아 놓아도 들리는 소음
오토바이 소리다
전속력으로 달리고 신호등도 무시하고
차와 차 사이를 곡예 하듯 달려야
가치가 올라가는 소리
상식 없다, 교통법규를 모른다 비난하는 내게
소음으로 들리는 이 밤
저들의 절실한 삶의 소리로
잠을 이룰 수 없다

—「밀도 높은 삶」 전문

이 시는 도시의 공간 속을 쫓기듯 달리는 생존현실을 재현한다. 「밀도 높은 삶」이라는 주제는 '돈의 리얼리즘'에 지배당한 인간의 고통을 대변한다. 배달 오토바이 현장을 느낀 대로 진술했지만, 시의 제목을 낯설게 하여 시적효과를 극대화 시킨다. 1행에서 8행까지는 객관적 진술에 불과하다. 여기까지의 내용은 시다운 시가 되지 못한다. 9행 이하에서 "저들의 절실한 삶의 소리로 / 잠을 이룰 수 없다" 표현함으로써 이 시는 비로소 생명력을 갖게 된다. '잠을 이룰 수 없다'와 '마음이 아프다'는 동일한 의미를 갖는다.

인간과 인간의 차별 없는 사랑, 빈부 초월한 공존의식은 실현 불가능한 꿈이다. 그러나 언어로 사유하고 싶은 절대 지향임은 분명해 보인다. 시는 정신의 산물이다. 이런 내용의 시가 쓰였다는 것은 빈부차별에 대한 아픔이 크다는 것으로 이해할 수밖에 없다. 빈부를 초월한 공존문제는 국가나 정치권도 해결할 수 없는 난제이다. 시인은 언어로 호소한다. 계란으로 바위치기일 수도 있겠지만, 시가 갖는 힘은 위대하다. 시인의 자의식이 독자에게 전이되어 합일되는 현상은 점점 확대될 것이다. 국가 전체가 아닌 개인을 상대로 파급효과를 기대하는 것이 유토피아 문학의 한계이며 숙명이다.

3. 성서를 원천으로 한 내적 정화

최연희의 일상은 비움과 채움의 연속이다. 비움과 채움은 신앙적 성찰을 통하여서만 가능한 내적 작업이다. 버릴 것을 버리고, 채울 것을 채울 때, 시적 안목, 시적 직관, 시적 언어가 깊어지고 새로워진다. 좋은 시 창작에 있어서 핵심은 '관찰'이다. 어떤 사물이나 대상에 대한 탐색 과정이 수반되겠지만, 가장 중요한 것은 심적 상태에 대한 진리적 관찰(성찰)일 것이다. 시 세계가 탄탄하고 깊어졌다는 평가를 얻었다면, 비움과 채움이란 내적 정화 혹은 내적청결작업에 집중했다는 의미이다. 화자의 시적특성은 카톨릭시즘(Catholicism)이 시 문장에 내재된 것이다. 신·구교를 불문하고 성서의 영향을 받게 되면 불가분 유기적 관계를 형성하면서 문학적 특성으로 나타난다. 최연희의 시는 여성시의 언어유희나 언어적 수다를 찾아볼 수 없다. 시의 주제나 내용은 평이하지만, 결미의 메시지는 묵직하여 중량감을 유지한다.

당긴 작은 불씨 활활 태우리라
푸른빛으로 뜨겁게 타올라
열정 다해 남김없이

태움 속에 씻어라. 미련도 아쉬움도
정갈한 마음조차 맑은 불꽃으로
태우고 또 태워 정화하리라

밑거름 되리라
완전히 불살라

침묵 속에 새 생명 키우리라

—「재의 독백」 전문

이 시는 종려나무 잎을 태운 재로 이마에 십자가 표식을 받으며 올린 기도형식의 독백이다. 시의 제목도 "재의 독백"이라 밝히고 있다. 문장핵심은 내적 정화이다. 신앙연조만 깊다고 해서 마음(mind)과 영(spirit)이 절대자의 통제 영역에 놓이는 것은 아닐 것이다. 스스로 불태우고 씻는 내적 성찰이 수반되어야 한다. 화자의 시가 잔잔한 감동을 주는 것은 언어구사의 노련함이나 시적기교가 아님을 확인하게 된다. 때론 표현 면에서 투박하지만, 시 속에 내재된 시적 진실이 잔잔한 감동의 물결을 일으킨다. 이 시의 1연과 2연은 자아를 향한 독백이다. 3연의 내용은 "침묵 속에 새 생명 키우리라"는 자기 결의로 구도자적 비장함이 느껴진다. 최연희의 시적언어나 시적 메시지는 카톨릭시즘이 원천임을 확인하게 된다. 시적 언어를 통한 영혼 구원, 거대한 계획의 효과는 미지수이지만, 생을 기투한 몸짓은 치열하여 일부분 성공하지 않을까 싶다.

찰랑찰랑 마음의 샘에

누가 흘려 피운 꽃일까?

슬픔의 눈물은 어항이 되고
기쁨의 눈물은 왕관이 되네

한 방울 한 방울
이유 없이 내리는 비가
어디 있으랴

오늘은
작은 비꽃 속 어항 되어
금붕어 둬마리 길러보고 싶네

—「비꽃」 전문

비 오는 풍경을 바라보며 쓴 이 시는 화자가 무엇을 생각하고 있는지 의식의 단면을 보여준다. 비 오는 날의 자기 성찰이겠지만, 빗물 담은 어항이 되어 금붕어 몇 마리 키우고픈 소원성이 포착된다. 시의 소재는 비 오는 날의 풍경으로 출발했지만, 시의 결론엔 영혼 구원의 도구적 삶을 살겠다는 의지가 표출되었다. 3연. 진술에 주목해보자. "한 방울 한 방울 / 이유 없이 내리는 비가 / 어디 있으랴" 참 멋진 깨달음이다. 화자의 시는 이유 없이 쓰여진 것이 없다. 그가 무엇을 보고, 어떤 직관으로 사유했든지 간에 그의 시는 자타의 삶에 영향을 끼칠 것이다. 내적 정화에 힘쓴 이

유도 여기에 있다. 시적 언어와 실존적 삶이 유사하거나 동일해야 되기 때문이다. 시는 인간의 삶을 기획, 혹은 견인하여 영원을 지향케 만드는 유일한 기제임을 시인은 거듭 확신하고 있다.

4. 화해와 사랑의 메시지

최연희 시에는 사유 깊은 다양한 목소리가 들어 있다. 심적 귀를 기울여 접근해 보면, 그 목소리가 명확해진다. 시의 소재들은 자연과 현실 공간에 널브러진 것들이지만, 한발 다가서서 사랑으로 교감한다. 사물이나 사건을 보는 시선은 마냥 따스하다. 시선 집중하여 사물의 몸짓, 존재 이유, 그 본질을 추적한다. 시의 발화가 무엇이었든지, 시의 표정을 어떻게 바꾸든지 간에 상생의 언어로 형상화 되는 특징을 보인다.

숨어서 피려 한 것이
아니기에
그대 눈길 닿지 않으면
왠지 가슴이 아리다

어느 날

어찌어찌하다
그대 눈길 닿으니
아하!
나 맘껏 웃어보리라

—「시선」 전문

꽃이 핀 장소는 생략되었지만, 그늘지고 외진 곳에 핀 꽃임은 분명해 보인다. 시인의 발걸음은 그냥 스치지 않는다. 그 꽃 앞에서 멈춘 후, 대화를 나눈다. 사람과 꽃의 교감, 시인과 사물과의 교감, 그 찰나적 직관 사이 여백이 형성되고, 화자의 시는 쓰인다. 이 시의 '꽃'은 사람으로 의인화되어 상호교감과 사랑의 중요성을 부각시킨다. 맑고 투명한 눈빛 교감, 그 원천은 행복이며 사랑이다. 존재와 존재가 서로 소통할 때, 이 시의 결론처럼 '행복의 웃음'은 터져 나올 것이다. 사랑이 없는 땅엔 '웃음'이 자라지 않는다. 따스한 눈길이 닿는 사랑을 느낄 때, 비로소 맘껏 웃었다는 시인의 메시지는 가면을 쓴 현대인에게 귀한 메시지를 전달한다. 정신분석학자들은 인간이 위장 가면을 쓰고 살지 않으면 정신병에 걸릴 수 있다고 말하지만, 최연희 시는 그 반대의 주장을 편다. 위장의 가면을 벗고, 시선과 시선이 마주칠 때, 행복웃음꽃이 활짝 핀다고 깨우친다. 이 넓은 세상에서 나를 바라보는 은은한 시선, 사랑스런 눈길의 존재가치를 이 시에서 느끼게 된다.

입질 왔다 깔깔대는 낚시꾼 '대물이다!' 외치며
낚싯대를 하늘로 잡아 채 올렸다

미소를 채 얼굴에 닿기도 전에
"아저씨, 여기서 낚시하면 안 돼요!"

날카로운 여인네 목소리에 놀라
힘 풀린 손 놓치고 말았다

살았다, 살았어
만삭붕어 살았네

—「천만다행이다」 부분

목도한 시적 정황을 동시풍으로 진술한 시다. 최연희의 시선은 깊고 넓어, 온 세상을 바라본다. 참 특이하다. 사소한 사건도 그냥 지나치지 않는다. 낚시꾼의 자유로운 영역까지 침범하여 발버둥치는 붕어의 생명을 구원해 낸다. 죽음에서 삶으로 방향 전환한 모습을 바라보며 '만삭붕어'라고 재치 있게 표현한다. '붕어의 만삭'은 시적 상상력의 표출이지만, 시의 결미를 유머스럽게 처리했다. 낚시터 상황

이나 생명 연장 된 붕어의 상태묘사만으로 말을 거는 시인의 의도는 삶 옆에 죽음이 도사리고 있음을 깨우친다. 삶과 죽음은 한 순간, 낚시꾼의 바늘에 꿰이거나, 아니 꿰이는 것으로 결정된다. 시인도 독자도 한 마리 붕어에 불과하여 허용된 공간에서 잠시 잠깐 머물고 있음을 환기시킨다. 시의 결론을 주목해서 보면, "살았다, 살았어" 두 손 번쩍 들고 만세라도 부를 듯 기뻐하는 시인의 모습이 포착된다. 육십은커녕, 어린아이 같은 표정이다. "아저씨, 아저씨!" 고성 목소리로 붕어를 살려낸 것처럼 화자의 시 짓기는 병든 영혼을 구원하는 매개체로 활용된다. 난해한 문장을 탈피한 산문적 언어지만, 시적 진술함 탓에 감동이 유지되는 특징을 보여준다. 독자적으로 구축한 시세계이다.

5. 마무리

시 짓기는 자의식을 언어로 표출하는 행위이다. 화자는 자의식과 신앙의식이 조화된 언어로 많은 이야기를 하고 싶어 한다. 시를 구성하는 방법, 시적 음색도 특이하여 때론 한 편의 기도문처럼 인간의 마음을 평화롭게 끌어안는다. 성서와 문학을 접목 시킨 탓에 깊은 샘에서 길어 올린 생수처럼 갈증 해소에 효과적이다.

공허한 마음속에 하얀 빛이 차곡차곡
임 떠난 빈자리엔 슬픈 기다림의 서리꽃
스쳐가는 바람 소리 휭~ 휭~~ 속삭이네
봄이 멀지 않았어!
꽃피고 열매 맺고 새가 날아들 거라고

—「희망」 전문

시인의 소망은 슬픈 서리꽃 핀 가슴에 '희망'을 심는 것임이 분명하다. 화자가 기다리는 봄, 그날은 언제, 어느 때일지 예측할 수 없지만, 시를 쓰고 있는 지금, 사물의 본질을 읽어내는 눈을 가진 현재가 그 봄이 아닐까 싶다. 인생 황혼길 걷는 최연희의 삶은 지금이 봄이다. 풍성한 언어로 시적 변용에 능한 때이다. "꽃피고, 열매 맺고 새가 날아들기를" 기다리며 언어 농사로 축적한 진리 양식을 차곡차곡 쌓아 간다. 시인은 선한 몽상, 선한 욕망에 젖어있다. 시처럼 살고, 시다운 시를 써놓고, 그가 믿는 성모마리아께 두 손 모아 기도한다. 좋은 시를 욕망하는 멋진 몽상은 아름답다. 실현 유무를 떠나서 삶을 마치는 그 순간까지 정진을 기대한다. 「밥을 뜨면서」, 「미련」, 「알레르기」, 「생선을 먹다가」, 「청개구리」, 「산과 바다」, 「가뭄」, 「소주병」 등의 작품은 지면 탓에 일별하지 못했다. 인연 닿는 독자의 정독을 권한다.

그림자 새

최연희 지음

발행처 · 도서출판 청어
발행인 · 이영철
영　업 · 이동호
홍　보 · 천성래
기　획 · 남기환
편　집 · 방세화
디자인 · 이수빈 | 김영은
제작이사 · 공병한
인　쇄 · 두리터

등　록 · 1999년 5월 3일
(제321-3210000251001999000063호)

1판 1쇄 발행 · 2022년 9월 1일

주소 · 서울특별시 서초구 남부순환로 364길 8-15 동일빌딩 2층
대표전화 · 02-586-0477
팩시밀리 · 0303-0942-0478

홈페이지 · www.chungeobook.com
E-mail · ppi20@hanmail.net
ISBN · 979-11-6855-062-9(03810)

본 시집의 구성 및 맞춤법, 띄어쓰기는 작가의 의도에 따랐습니다.
이 책의 저작권은 저자와 도서출판 청어에 있습니다.
무단 전재 및 복제를 금합니다.

이 책은 충남문화재단의 지원을 받아 제작되었습니다.